鈴木花蓑の百句

写生の鬼

伊藤敬子

ふらんす堂

目次

＊各俳句の下に記した年と号は「ホトトギス」に掲載された年と月号である

鈴木花蓑の百句

雁啼くや機屋の夜なべ仕舞ふ頃

明治三十七年
一月号

1

鈴木花蓑の初期の作品として明治三十六年秋に作られホトトギスに発表された。生誕地愛知県半田市（現在）に在住していた花蓑の実家は三河木綿を生産する機屋であった。少年の日その家業に携っていたわけではないが、親たちは夜なべを仕舞う頃であると思って見廻していると、北国から渡ってきた雁が啼きながら頭上をゆく。秋だなあと実感する花蓑の姿がある。半田は三河湾の西側にあり海に面しているので雁の列も長旅の羽根を休めるに恰好の水面がある。

人泊めてもてなしの爐を開きけり

大正三年
十二月号

2

愛知県半田市に生まれた花蓑は十五歳から俳句をはじめた。ホトトギスに投句をはじめて十年間は一句も採用されなかったが、この一句は虚子が認めてホトトギス投句欄に活字となった。よろこんだ花蓑は名古屋へ出てきて大正四年、いよいよ東京へ。虚子の膝下で学ぶことにする。この句は半田に於る最後の句と考えられる。花蓑への惜別の情ひとかたならぬ仲間と一夜爐を囲んで語り合ったのではないかと思われる。

俥下りて行水の母を驚かす

大正四年
八月号

3

「病気帰省」の前書きがある。ふるさとを離れて名古屋の法務局に勤めていた頃、青年花蓑も無理がたたったのか疲労が重なって病人の状態となり、ふるさとへ帰省した。当時は人力車を使ってふるさとへ帰った。その時、母は行水していた。たらいに水を張って汗を流していたのであろう。そこへ息子の花蓑が人力車を下りて歩いて近寄ってきた。母の驚き様はそれはもう想像に絶するものであったにちがいない。息子の病気とその身の上の変容ぶりにも。

大切に古りたる鯊の竿二本

大正四年
十二月号

4

半田は三河湾の西に位置し海に近く面しているので、その気になればすぐそこで鯊を釣ることができる。勿論鯊に限らない。かなりいろいろな魚を簡単に釣り上げることができる。少年の日には友人たちと鯊を釣ったことであろう。釣竿が二本大切に保管されていた。古るびた釣竿への愛着を深めながらも、転居をするなど多忙な日々、再びこの竿を海面へ垂らして鯊を釣る日もないかもしれない、と一抹のさびしさが花蓑の心に去来したのであろう。

藺を刈るや空籠映る水田べり

大正六年
十二月号

5

大正の頃、藺草は碧南より奥地に栽培されていたようである。藺といえば和室の畳表にする藺草である。藺草刈りをしている状況を見に花蓑は吟行したと思われる。

藺草は刈り取られて竹籠におさめられる。その藺草をおさめる空籠に目をやった花蓑。まだ空の籠は水田に映っている。斜めに編まれた竹の美しい幾何学模様をもつ籠に、花蓑の目は留まったのである。

藺洗ふや一筋抜けて水迅し

大正六年
十二月号

6

刈り取られて籠におさめられる前の藺草は流水によって一束ずつ洗われ、整えられて藺籠で運ばれて行く。

その藺草を流水の中で整えながら洗っているその一瞬のこと、一筋の藺草が、手元から抜け落ち、流水に乗ってさっと流れ去った。その一瞬の藺草の動きの早いこと。「迅し」の文字を使ったことでさらに効果的に。虚子の初期の句「流れゆく大根の葉の早さかな」にも通ずる一句である。

埋れて穴あく笹の深雪かな

大正九年
二月号

7

笹の葉の上に一面に雪が積っている。深雪という表現から積雪は二センチ、三センチではない。二十センチ、三十センチはあるだろう。雪が積ってから少し時間が経過したのであろう。笹に命があって呼吸をしているのであろう。雪に穴があいていて、笹の葉がのぞいている。単純な一句であるが、対象をよく見て作っている花蓑の写生の方法を見ることができる。「穴あく」という平易な言葉が効果的である。

雲の秋君が船出を朝焼けて

大正十年
三月号

8

「台湾に赴く夜半氏に」の前書きがある。もちろん後藤夜半のことである。

夜半といえば「滝の上に水現れて落ちにけり」を忘れることはできない。大正期に、花蓑とも交流があったのであろう。夜半が台湾へ向けて船で出発するという日の朝、花蓑が神戸港へ出掛けて見送った時のことを詠んだ一句である。大正十年といえばすでに百年近く前のこととなる。その港での別れ。朝焼けの神戸港は絵に画いたように華やかであったことだろう。「雲の秋」の措辞が効果的。

洞雫間遠に落ちて青嵐

大正十年
九月号

9

大正十年の夏、ホトトギス三百号記念の一句であった。洞雫はゆっくりと間をおいて落下している。青嵐に揉まれる木々のざわめきも心楽しく感じられる。

このころから花蓑の俳句は徐々に虚子に認められていく。実力をつけ目に見えて上達を加えていく。いわば俳壇史に於る花蓑時代の到来となりつつあるのだ。当時杉田久女の活動もめざましく、この二人は前後して久女・花蓑の時代を築いていく。

茄子の葉を蟻飛び移り這ひにけり

大正十年
十月号

花蓑の住居は一軒家で、広くはなかったが軒先に梅の木もあった。庭の一ヶ所に茄子の苗を植えて漬物にしたりして賞味した。その庭先の茄子の葉に一匹の蟻が這っている。花蓑は蟻の様子をじいっと見ているのだ。観察していると蟻は葉から葉へ飛び移りながら茄子の葉を這っている。ただそれだけの景であるが、それを忠実に写生し一句に留めたのである。花蓑の写生の過程の真骨頂を見せた一句である。

風の樹々月振り落し振り落し

大正十年
十二月号

11

　樹林の上に満月に近い月が出ている。そこへかなりの強風が吹きはじめた。樹々は音をたてて吹き煽られる。樹々は天空に輝いている月を落さんばかりに激しく揺れている。その荒ぶる様を、「振り落し振り落し」と思い切ったリフレインで表現した。大正末期から昭和初期にかけて花蓑はこのような客観写生の手法によって、大いに実力をつけていく。

雨上る地明りさして秋の暮

大正十一年
一月号

12

秋の夕暮の景の実感を表した一句。花蓑は明るさよりも暗さをうまく詠んだ。雨の上ったことにより地面の明るさが直感された。この地明りという言葉をもってきたのは花蓑の独自性である。秋の暮の落日の早さを詠み、その落日を反映した大地の明るさを捉えた鋭さに驚く人もあり、病的でさえあるなどとも言われた。

沈めば沈み浮かめば浮み鳰二つ

大正十一年
二月号

13

鳰はカイツブリ科の水鳥で鳩よりやや小さく水中に巧みに潜って魚を獲る。留鳥であるが、冬の池や沼で泳いでいるのが目につくことから冬の季語とされる。琵琶湖は別名を鳰の湖といい、鳰がたくさん棲息している。

鳰の二つが泳いでいる。一つの鳰が水中に沈んだかと思ったら、もう一つも水中に沈んだ。そして次の瞬間一つが水面に浮かんできたと思ったら、さらに一つも水面に浮かんできた。そんな二羽の鳰のややコミカルな動作をうまく目に見えるように一句におさめた。

大いなる春日の翼垂れてあり

大正十一年
五月号

14

山本健吉著『現代俳句下巻』（昭和二十七年刊）で、花蓑代表句として取り上げられた一句である。キーワードは中七の「春日の翼」で、春日に翼があるという、太陽を象徴的に描いたこの表現に誰もが驚いた。たっぷりとまぶしい程の春の日差しを思う。大正十一年という時代によくもこれだけの飛躍した感覚をはたらかせ、「春日」という大自然を純化してみせた。驚くべき一句である。

島二つ色異にして霞みけり

大正十一年
六月号

大景をとらえた具象的な一句である。花蓑の幼い日に、はるかに眺めていた島の風景かもしれない。大正も十一年春の、彼にとってはいよいよ俳句にいのちをかけてみようという決意が自身の背を押しあげてゆく頃である。そんな気持ちの高ぶりをもって海をのぞみ、海原に浮かぶ島の二つを眼の前にしたときの印象を一句にしたか。濃淡をもって霞んでいる島の遠近を「色異にして」と詠んだ。この二つの島は知多半島沖の日間賀島と篠島か。着実な手法をわがものとしていく。

蓮の風立ちて炎天醒めて来し

大正十一年
十月号

16

蓮の花の咲くのは午前十一時頃から午後二時位までという。いわゆる炎天下、気温の一番高い時間である。

蓮田を吹き渡る風、がわがわと大きな蓮の葉を吹き渡るなまぬるい風。しかしその風によって炎天が醒めてくるという。花蓑特有の感覚をもって一句をものにした。

「花蓑には病的といってもよい感覚の冴えがあった」という評をかつてどこかで読んだことを思い出した。

鰯雲昼のままなる月夜かな

大正十一年
十月号

17

「鰯雲」は秋の季語である。昼間びっしりと白い雲片をちりばめて空に広がっていたその鰯雲が夜になって月明かりの空でもまだそのままである、という一句だ。月の出ている夜空にもそのまま美しい魚の鱗のように見える「鰯雲」である。たっぷりとした時間の移ろいが感じられる。写生の手法を身につけた花蓑の意気盛なる時代の一句である。

天の川枝川出来て更けにけり

大正十一年
十一月号

18

澄み渡った夜空に帯のように掛かる天の川。無数の恒星の集まりで北半球では一年中見られるが秋の夜空の天の川は浪漫的であり、七夕伝説を生んだ。万葉のころから詩歌に詠われてきた天の川である。

　一本の大河である天の川にも夜が更けてきて枝川が認められるという写生である。天の川のあまたの伝説や神話から自由であることにより、「天の川」を詠む新しい視点を獲得したと納得される。

端々を黄に燃え残し葉鶏頭

大正十一年
十一月号

これも忠実な写生の一句である。色あざやかな葉鶏頭であるが、「端々を黄に燃え残し」と詠んだことで、その黄色の部分がまず眼に焼き付けられる。そして紅が残像のように浮かんでくる。「燃え残し」も巧みな表現である。花蓑の手法はこのようにして着々と確立されていった。

久女と同時の活躍期の作品。久女にもこのような葉鶏頭の佳吟〈葉鶏頭のいただき躍る驟雨かな　久女〉がある。「ホトトギス」誌上に於て前後して巻頭を競っていた時代の作品である。

萩の蝶吹き上げられて去りにけり

大正十一年
十一月号

20

秋の七草のひとつ萩は落葉低木または多年草、代表的なものは宮城野萩で山野に自生する。わが家の庭の一画でも、ある日萩は一尺芽をのばしてきた。花蓑の見た萩は、家の庭か公園か、野山か、それはわからないが、萩の花の咲く昼間、秋蝶がきて萩の花に止まった。そこへ風が吹いてきて、その蝶は風に吹き上げられて、そのまま去っていってしまった。「吹き上げられて」とダイナミックに蝶の動きを捉えた。花蓑の句における手ぎわの鮮やかさを見せる一句となった。

コスモスの影ばかり見え月明し

大正十二年
一月号

花蓑の名前に「蓑」の文字がある。この「蓑」の本来の意味は萱や菅の茎や葉を、または棕梠の毛や藁などを編んで作った雨具のことで、京都嵯峨野向井去来の庵「落柿舎」の戸口に現在も掛けられている。

その「蓑」に「花」を加えた、或いは花をもって蓑のかわりとしたい、との願望があって、自らこの名前を名のったのかもしれない。花蓑は花を美しく詠んだ俳人である。この一句、月明りのもとにはかなく揺れるコスモスの影がみえてくる。

白菊に遊べる月の魍魎（かげぼふし）

大正十二年一月号

花蓑は、明るい日射しの中にある対象を詠むことよりも、日の出前の暁闇の気配や月明下の夜の闇を詠むことを好んだ。あるいは明るさそのものや光の階調を詠んだ。そのようにして花蓑ならではの作品世界が出来上がっていったのである。

この句も月明りに照らされた白菊を詠んでいるのだが、月の影法師が白菊に遊ぶ、という非凡な着想を得たのであった。

スケートや右に左に影投げて

大正十二年
三月号

大正末期においては、この句のようにスケートを愛好する人もかなり多くなってきていたのであろうか。この頃は氷の張った自然の湖の上での遊びであったろう。

スケートをするときは、右脚、左脚と交互に前へ出してすべる。その状況を、「右に左に影投げて」と細やかに描写。「影投げて」が発見である。

春風やつうい〱と附木舟

大正十二年
六月号

24

　ようやく春は訪れて春風が吹く。舟は風に吹き上げられたり、池の真中に流されて行ったりしないように、池のほとりに打ち込まれている太い杭に、紐でもってしっかりとつながれている。春風の吹いてくる方向によって、舟は風に揺らぎ、音を発するのである。その音を「つういく〱」と表現してみせた。「つういく〱」に春の長閑さがこめられている。

ことぐく咲いて葉乏し八重椿

大正十二年
六月号

山茶花や八重椿はびっしりと重なるように花が咲いている。花蓑の見た八重椿は手入れもよく肥料も効いて、隙間無いほど緊密に咲いているのだ。その密集して咲く様を「ことぐ〳〵く咲いて」と詠み、また葉の緑が見えない様を「葉乏し」と詠み、あでやかに咲く八重椿を眼前に蘇らせた。

葭切やたわゝの芦にあらはれて

大正十二年七月号

葭切はヒタキ科の夏鳥で、大葭切小葭切がある。雀より少し大きい。背は淡褐色で五月のはじめ頃中国南部から飛来して、沼や河畔の芦の繁茂するところに巣を作る。花蓑は小動物に強い関心があり、小動物を詠んだ佳吟を多く残したということをホトトギス誌上の作品合評会で話題にしていた。たわわの芦原に葭切があらわれた、その景を即一句にした。繁る芦原の状況を「たわゝの芦」と表現し「あらはれて」としたことによって臨場感が出た。

芍薬や風あほつ花据わる花

大正十二年
七月号

芍薬の花は牡丹の花にくらべて半分か三分の一か、小さい。が、小さくても華やかさがあり均整がとれていて美しい。牡丹は芍薬の根元に継ぎ木して栽培されるのでわが家では牡丹のあと芍薬の花が咲く。

この句は芍薬の花が風に吹かれている様子を「あほつ花」「据わる花」と対比させて詠んだ。「あほつ」とは「あふつ（煽つ）」で「あおる」の謂いか。「据わる」とは、そのまま動かないということか、その対比をやや硬質な表現にて詠んでみせた。

風鈴や硯の海に映りつゝ

大正十二年
八月号

花蓑は法務局に勤務していたが、能書家のほまれが高かった。

筆硯を使うことも多くあったのであろう。この日筆を使うとて硯に水を張った。そこに風鈴が映りこんだ。「映りつゝ」という措辞が、風鈴の揺れる様子やその音までも呼び起こす。

薙ぎ伏せる藺を走りゐぬ梅雨雫

大正十二年
九月号

蘭草をじいっと観察している花蓑の姿も見えてくるような一句である。

強風が来て蘭草は薙ぎ伏せられてしまった。その風によって蘭草に降り込んでいる雨の雫も蘭草の間を吹かれ飛ぶ。その様を梅雨雫が自らの意志をもっているかのように、「走りゐぬ」といきいきと詠んでみせた。躍動感に充ちた一句である。

水団扇ペカ〱鳴りて涼しいぞ

大正十二年
十月号

30

水団扇は岐阜、長良川沿いの店で現在も売られている。竹骨の上に薄い和紙を貼り、その上からニスを塗ったもので透明感があり、少し小ぶりである。本来は水で濡らしてあおぐことより「水団扇」と言う。団扇を振ってみると、ペカ〱と鳴るこの音が涼しさをさそうという句意で、最後尾の「ぞ」の強調が効いている。俳諧性を帯びた軽みの句である。

欄干にあがる怒濤や青簾

大正十二年
十月号

31

碧南の海べりにあった古久根蔦堂の旅館兼料亭に、虚子も花蓑も数回は訪れているという記録がある。夏のはじめであろう、その料亭の窓べりで海をみつめていた。その窓辺に青簾も掛けられていた。怒濤は時に驚く程大きなのが打ち寄せてきて、花蓑が憩うている欄干まで飛び散った。その驚きが一句になった。「青簾」が一気に涼感を呼び起こす。

落ちかゝる花ふら〱と花魁草

大正十二年
十月号

32

花魁草は現在見なくなった花の一つである。昨年、長野県の奥地秋山郷を巡った折、畑の脇に咲いていたのでなつかしく思ったが、大正の末期から平成の前期ごろまで郊外ではよく見られたようだ。七月ごろ茎の頂きに白やくれないの小花をたくさん円錐状につける。盛りをすぎて花は重たく落ちかかってきて、かすかな風でもあるいは風がなくてもふらふらと揺れている。その風情がまことに心許ない。名の通り「花魁」を彷彿とさせるような印象がある。

朝顔や静かに霧の当る音

大正十二年十一月号

33

早朝、開いたばかりの朝顔の花の花弁は藍色も濃く無垢な美しさを湛えている。その花弁に霧が当たって音を立てたというのである。しかも「静かに」当たっていると。周囲の静寂と花蓑の心の静けさが捉えた「霧の音」である。全身をとぎすまして対象にぶつかる花蓑である。

68 — 69

お天気やまばゆきばかり稲むしろ

大正十二年十二月号

34

秋、刈り取った稲は茎の部分の藁と、稲穂とに区別される。稲穂だけを秋の日に当てて乾燥させる稲むしろ。

お天気の良い日に稲むしろを広げて稲穂を乾燥させている景。花茣が少年の日、ふるさとでよく見た光景であろう。この一句、読者の目に浮かぶのはまばゆいばかりの稲むしろの上の稲穂の黄金の輝きである。「お天気や」と上五におき、あとは稲むしろの輝きのみを叙した。天の恵みにあずかる収穫のよろこびに充ちた一句である。

晴天やコスモスの影まきちらし

大正十二年
十二月号

平和な半田の町のあちらこちらにコスモスの花が咲いている。秋風に吹かれてゆらぐコスモスの可憐でやさしい花は若い花蓑のこころを捉えたことであろう。

晴れ渡った空の下、コスモスが揺れるさまを「影まきちらし」と叙したところが独特である。コスモスと作者の距離はやや離れていることも見えてくる一句である。

このようにして、花蓑の写生の目はますます研ぎ澄まされてゆく。

檀特の一と花咲きし蕾かな

大正十三年一月号

ホトトギスの巻頭を取った時、八句掲載されたそのうちの第一句に置かれた檀特の句である。「檀特」はカンナの一種で、「だんどく」と読む。明治年間に渡来し観賞花として広く栽培されている。大ぶりの葉が特徴で七月から咲く。色は赤や黄の筒形。同じ茎に花と蕾が付くのを特徴としている。一茎に一と花が咲き、花のとなりに蕾が控えているという景。即ち単純な花の特徴を単純に画き上げたところを虚子は評価したと思われる。

団栗の葎に落ちてくゞる音

大正十三年
一月号

37

この句は吟行参加者が同じ対象を見て作品に於て競い合った時のもの。その日の句会でこの句が出てきた時、この句に勝る句はなかったようだ。花蓑の実力について誰もが認めていても競争心もただならぬ人たちの集りである。いろいろ意見が出たあと結局中七下五の「葎」を団栗がくぐった音まで聞いた花蓑にはかなわないという結論になった。いつも黙ったまま時間をかけて集中して対象を観る花蓑においてこその一句であり、それゆえの勝利であった。

山茶花の囲りにこぼれ盛りかな

大正十三年
一月号

山茶花の花は咲きはじめてよりまたたく間に満開を迎える。そして咲いた花から次々と散りはじめて、山茶花の木の囲りはこぼれた花弁で染めあげられるようになる。その咲きこぼれた状態を「こぼれ盛り」とはうまく言い止めたものである。山茶花の花でしか言い得ない「こぼれ盛り」である。この短い措辞で山茶花の咲いている様子がよく分かる。

写生の手法に徹した花蓑の力である。

蹴ちらしてまばゆき銀杏落葉かな

大正十三年
二月号

紅葉の季節には、楓はくれないいろに染めあげられるが、銀杏は黄金色に染めあげられる。この紅葉黄葉は、私たちの楽しみの一つである。銀杏の樹は町の中でもときには百年、二百年と経過した大木が見られ、秋が深まるとそれがいちどきに黄金色となる。そしていちどきに落下する。その銀杏落葉を蹴ちらした。黄金色の明るい世界が立ち上がり広がった。眼もくらむようなまばゆさである。

風浪の鴨たち直り〳〵

大正十三年
二月号

40

川浪に遊ぶ鴨たちの様子を簡潔にダイナミックに詠み止めた。風が吹きつけて荒々しい浪が生まれたことを「風浪」という端的な言葉で表現した。その風浪を怖がることもなく浮かび遊ぶ鴨たち。避寒のため北のくにから日本海の荒波を渡ってきた鴨たちである。太平洋の三河湾に近い川口の「風浪」に臆することもなく立ち直り立ち直りして泳いでいる。

畑々や掛大根の上の富士

大正十三年
二月号

41

大地の広がりが見えてくる、そして畑ではいろいろな野菜類の収穫もすすんでいる。またその一画では冬の保存食の一つとして大根を棚造りにして干している。その掛大根の上に富士山がすわっている。目の前の掛大根と遠くに見える富士、それを「掛大根の上の富士」と詠んだ。遠近法がきわやかである。

晩秋や金屛除けて富士を見る

大正十三年
二月号

「素十庵にて」と前書きがある。東京大学俳句会は水原秋桜子を中心に、鈴木花蓑の指導によって開かれた。山口誓子、高野素十、山口青邨も加った。東大俳句会で親しくなった高野素十邸に招かれて、俳句会が催された折の句である。晩秋の一日であった。窓辺に立てかけられていた金屏風を除けて霊峰富士山を見た、というのである。その動作がいきいきと蘇る。晩秋の澄み渡った空気のなかに富士山は大きくくっきりと見えたのだ。

羽子つくや八つ口の紅振りこぼし

大正十三年
三月号

43

「八つ口」とは和服の脇の下にあたるところで縫い合わせない部分。街角で羽子つきに興じる娘たちの遊びを見ての作であろう。

羽子板で羽子をつく時、腕を振り上げて打つので着物の脇の下の身八つ口から、裏地に使われている紅い布がちらちらと見える。「紅振りこぼし」でなんともあでやかなお正月の風景となった。今ではこういう景はなかなか見られなくなってしまった。

八景や冬鳶一羽舞へるのみ

大正十三年
三月号

44

「武蔵金沢八景」と前書きがある。「ホトトギス吟行会」の作で、その吟行会の様子が「ホトトギス」誌上にくわしく掲載されていた。頭上を何千羽というおびただしい数の鳶が渡っていった。その状景を見た一行は、この景をどのように一句にまとめるかそれぞれ苦心惨憺して出句した。この時、花蓑は、冬鳶の一羽を残し、あとは消してしまった。その見事な手法に一同は言葉を失ったのだった。

金屏の隅に追儺のこぼれ豆

大正十三年
四月号

45

先の句にあったように素十邸において花蓑は、金屏風を動かして富士山を見たのだったが、この句においては、金屏風の裾の隅のところにこぼれている節分の豆の一粒に焦点を絞った。

花蓑の目のするどさを見せている作品であって、このように小さなものも見逃さないのは、彼の天性であろう。それを彼は自覚していないのかもしれない。

押し廻り押し戻り風の浮氷

大正十三年
四月号

46

水の上に割れた氷が浮いている。そこへ風が吹きつけてきてその浮氷を動かすのである。何のことはない句材ではあるが、花蓑の手にかかると風に吹かれてこまやかに動く浮氷の様子がよく見えてくる。「押し廻り」「押し戻り」という簡潔な表現に「風の浮氷」と一気に詠み下した。

久方の雪嶺見えて霞みけり

大正十三年
五月号

47

この雪嶺は木曽御嶽山ではないかと思う。いま私はある高層ビルの最上階の一角の窓辺にたっているのだが、ここから西を眺めると伊吹山、北を眺めると白山や乗鞍岳、東北へ目を移すと木曽御嶽山の雪嶺を望むことができる。花蓑の生きていたこの時代、高層ビルはもとよりあらず、花蓑は地上に立って遥かなる山を眺望しているのだ。久し振りに眺める雪嶺であったが、雪嶺は霞みの向こうにあるばかりである。

白魚網はねこぼれたる一二ひき

大正十三年
六月号

48

早春の汽水域に生息する白魚である。三河の川口や木曽三川の川口あたりで、二人乗りぐらいの小さな船で網を張って白魚は獲られる。桑名浜の白魚は殊に有名である。この句、三河碧南の浜か、そこの白魚漁を吟行した花蓑の眼前で、網をこぼれた白魚の一二匹がとび跳ねた。それをすばやくスケッチした一句である。

白梅や蕊の黄解けて真盛り

大正十三年
六月号

花蓑の作品に花の句は多い。その名前も「花の蓑を被た」花蓑と称したように花が好きだったようだ。なかでも白梅は特に好きだった。

この句、白梅の真盛りの状態を「蕊の黄解けて」と詠んだ。開きはじめはまだ固く密集している蕊であるが、やがてそれがほぐれてふっくらとしてくる。その蕊に着眼したところが花蓑ならではである。

落椿挟まるまゝに立て箒

大正十三年
六月号

50

椿の木の根元のあたりにおびただしく落ちている椿の花。それを竹箒で掃き集めて捨てる。そんなとき椿がそのまま箒の穂先に挟まって残っていることもよくあることだろう。くずれ解体することなく花の塊として落ちる椿なので、竹箒の固い先に入り込んでしまったのだ。掃除が終わって立てかけられた箒に椿が挟まったままであることに気づいたのである。箒に挟まったままでも色を失うことなくあざやかな落椿である。私もこのような景を、飯田龍太邸を訪ねたときにはっきりと見たことを思い出す。

うらゝかや空に留まれる気球船

大正十三年
七月号

51

大正末期の空に気球船が浮かんでいる。まだ近代化にもほど遠く長閑な時代であったことだろう。航空機もまだ普及しておらず、人間の移動にはもっぱら船舶が使われていた。そんな時代の春のある日、空の一点に留まっていた気球船、うららかな日差しに満ちて。

藤長し垂れ端はねてたはれ風

大正十三年
八月号

藤の花は手入れが大変で、多量の肥料を与えねば、花房が長くならないと聞いたことがある。尾張地方では、現在も江南や津島地方で大地に届く程の藤の花が咲く。藤の花の長房の、その垂れさがっている一番裾の端のあたりが、風に吹かれて意外な方向にはねた、その様子を風が戯れて房が跳ね上がったようだと花蓑は捉えたのである。「たはれ」を漢字にすれば戯れ、婬れである。

紫陽花のあさぎのまゝの月夜かな

大正十三年
九月号

『現代俳句』に於て山本健吉はこの句を取りあげて、「目も覚めるような色彩美がある。月光に消されぬ色の浅黄が鮮やかに印象的である」と評している。「あさぎ」とは「浅葱」とも書き、うすい藍色のこと。色づいてきた紫陽花が月の光の下でもそのうす青のままに照らされている。夜になっても変わらない紫陽花の美しい様を一句にした。

樹に池に降り来る音や水鉄砲

大正十三年十月号

54

「樹に池に降り来る音や」とまず詠んで、その音は何だろうと読者に思わせる。それが「水鉄砲」に打たれた木や池の発する音だと思うと一気に涼やかさが広がってくる。またそこに降り注ぐ水雫も見えて景色が水のきらめきのなかに濡れて現れる。「水鉄砲」という季語を下五におくことによって、読者の思いを心地よく裏切ってみせた。

芋の葉の露して蜘蛛の忘れ糸

大正十三年
十一月号

55

芋の葉に露が降りている。その露をたたえた芋の葉に蜘蛛の糸が張られている。露が先であるか蜘蛛が糸を張ったのが先であるのかは分からない。しかし、すでにその糸を張った蜘蛛自身はその場にはおらず、糸のみが蜘蛛がいたことを教えてくれる。もう蜘蛛はとうにどこかへ行ってしまって、糸を張ったことさえ覚えていないかもしれない。「忘れ糸」の措辞が蜘蛛の不在を示している。

羽子一つ落ちて泉水氷りゐぬ

大正十四年
一月号

56

泉水は庭にある池のこと。或いは泉のこと。吟行に行った先の公園か、個人宅の庭での景か。泉の一点に羽子が一つ落ちたまま、氷っている。氷っているので羽子を拾うことはできない。その落ちたままで氷っている羽子に焦点を絞った。

もはやそこには羽子つきであそんだ女の子たちはおらず、忘れられた羽子が氷の中にかたくとざされている。氷った羽子は、女の子たちの嬌声を蘇らせる。

スケートや連れ廻はりをりいもせどち

大正十四年
二月号

57

スケートリンクの上で二人が仲良く連れ添ってスケートをしている景。

大正末期には、若い男女が競ってスケートリンクへ行ってスケートを楽しむようになった。「むつまじきいもせの山の中にさへ隔つる雲のはれずもあるかな」（後撰集一二二五）この歌を彼が知っていたかどうかは知らないが「いもせ（妹背）」とは妹と兄、または夫婦のこと。「いもせどち」とは、ここでは若き二人の意か。

スケートをする若者をあえて「いもせどち」と古語によって表現した。

浜名湖や巽（たつみ）に望む小春富士

大正十四年
三月号

58

「巽」すなわち「辰巳」は十二支で表した東南の方角のことである。新幹線の窓から私は富士山が見えるかいつも気になるが、天気が良ければ浜名湖にさしかかるころ新幹線上りの左手方向に遠景の富士山は見える。

花蓑は東海道線の列車の窓から、いみじくも小春日和の富士を見つけて感動を覚えたにちがいない。

鬼ごとやお神楽台の下くゞり

大正十四年
三月号

「鬼ごと」は、鬼ごっこの古語である。「神楽」が冬の季語。上古に起こった代表的な神事芸能である。「神楽台」は神楽を舞うときに笏拍子、笛、ひちりきなどの楽器によって神楽歌を演奏する台のことである。これから始まる神楽を舞うために用意されたその台の、狭くて低い下をくぐって鬼ごっこをしている子供達。神事のことなどにはかかわりのない子ども達の生き生きと遊ぶさまを一句にした。

風船のはやりかしぎて逃げて行く

大正十四年
五月号

「風船」は春の季語。春になって暖かさを覚えるようになると子どもたちは風船をふくらませて、これをついて遊ぶ。紙風船の赤、黄、青のいろどりも春らしく、息を吹きこんでふくらませて、手のひらで突く。軽やかな音も楽しさを倍加させる。

その風船は紙製で軽いから、強風にさらわれてしまう。風船はあたかも、子供たちの手を離れて、よろこんで逃げて行ってしまうように見えたのだ。子供たちは手をあげたまま、唖然としてただその行方を見やるのみ。

緋牡丹や片くづれして咲きこぞり

大正十四年
七月号

61

　まさに目の前にあざやかに咲く緋牡丹。「片くづれして」がリアルである。やや片方に傾いでしまっているが、牡丹の花の勢いは衰えていないようにもみえる。「咲きこぞり」に牡丹の誇らしさまで見えてくるようである。凋落の兆しををみせながらもこぞり咲く牡丹の迫力を一句に仕立てた。

いみじくも漁火の夜景や避暑の宿

大正十四年
九月号

名古屋から三河碧南を中心に活動する俳句仲間たち、即ち俳誌「アヲミ」を中心とした賓水、古久根蔦堂らの数人のグループがいた。この一句は、そこへ花蓑も加わり古久根蔦堂の館で句会をし夕食を共にしてその館に宿泊した時のものであろう。碧南の海岸線は現在よりも近くにあり館の部屋から漁火が見えた。「いみじくも」に美しい漁火を喜ぶ心が見える。

晩望やのうぜん風に躍り居り

大正十四年
九月号

63

凌霄（のうぜん）の花は夏の花の一つである。蔓性落葉樹で、名古屋から中津川を越え木曽路に入っていくと赤々と咲いているこの花に出会うことがある。茎は長く伸びて付着根を出し、他のものに吸着して伸びる生命力の強い花で、どうかすると家の床をくぐって家を傾けることもあるとか。

「晩望」は、日暮れのながめのこと。「風に躍り居り」の措辞はいかにものうぜんの花にふさわしい表現である。

風色やてら〳〵として百日紅

大正十四年十一月号

今日ではわたしたちになじみの深い「百日紅」を花蓑は百年前にこのように詠んだのである。百日紅には桃色、紅、白、紅紫があるが、その名のとおり百日ほどの長い期間を咲きつづける夏の花である。「風色や」と上五におき、まず風に色を呼び起こし、「てら〳〵」とつづける。この「てらてら」が炎暑のなかに咲く百日紅の色を強調する。「てら〳〵」は花蓑が百日紅において発見した表現である。

頂上や淋しき天と秋燕と

大正十四年
十二月号

花蓑最盛期の代表句である。『写生の鬼俳人鈴木花蓑』を執筆するに当って私は諸氏に取材をさせて頂いた。その時、高野素十は既に亡く代わりに冨士子夫人に素十と花蓑のことをお聞きしたことがあった。花蓑に指導してもらった素十は晩年にこの一句「頂上や淋しき天と秋燕と」を口ずさみ、「花蓑はいい句を残したもんだ」といっていたということである。この一句には雄々しき詩情というべきものがある。

大綿の澄みゐる暮のゆとりかな

大正十四年
十二月号

花蓑の最盛期は「花蓑時代」と語られたように、今日の批評の眼をもってしても優れている作品ばかりであるということができる。この句もそのひとつ。

「大綿」は白い綿のような分泌物をつけて、初冬のどんよりと曇った日の午後から夕方にかけて飛ぶ。この大綿が飛ぶと雪が近いとされることから雪虫とも言われる。大綿が夕方の空に浮遊している。暮は心急く時であるが、大綿がくっきりと飛んでいる様をみている花蓑の心はのびやかにゆったりとしていることが察せられる。

薔薇色の暈して日あり浮氷

大正十五年
一月号

67

この句は、山本健吉が『現代俳句』において鑑賞している花蓑の代表的な一句である。「『薔薇色』とは淡紅色（ローズいろ）である。池や湖水かに漂っている浮氷も、薔薇色の日に映えている。薄曇りの空であり、何か物憂いような感銘がある」と。「新鮮な感覚がある」とも健吉は言っているが、「浮氷」をこれほど美しく詠んだ句は古今にわたってないのではないか。

雪の嶺の霞に消えて光りけり

大正十五年
三月号

この句、前方に見えていた雪嶺が霞の中へ消えて、雪嶺の白光がにぶくなったが再び光って見えるようになった、その時間の経過を詠み込んだのである。二時間でも三時間でも対象から目を離さないというのが、花蓑の作句姿勢であった。

滝腹の僅かに見えて花の奥

大正十五年
六月号

大正十五年、花蓑の写生による作句方法は確立しつつあった。吟行に出て、これは俳句に詠むことができる対象だと判断した時、即座に視点を決めてとりくんだ。この一句もそうして生まれた一句。

一幅の水彩画のような句である。わずかに見える滝であるが、「滝腹」という独自な表現でその滝のボリュームを思わせる。読者の脳裏にまず滝を呼び起こし、下五の「花の奥」で花の季節であることに気づかせるのである。この「花」は山桜かもしれない。

麦鶉畦をよぎりぬ庵の前

大正十五年七月号

「賓水居」と前書きがある。三河、碧南にて句誌「アヲミ」を発行し、その地方の俳句活動の中心を担っていた永井賓水と花蓑は同郷のよしみ、かつ俳句を共に学ぶ者として交流があった。生涯にわたっての信頼感のもと親戚のような付き合いをした。花蓑が碧南の賓水宅を訪ねた折の即興の一句であろう。

　賓水の家は私も訪ねたことがある。家の前には畑があった。その畑の畦をこの句のように麦鶉がよぎっていった。情景も見えてくる素朴な句である。

又揚がる涼み花火や吹きくづれ

大正十五年九月号

71

三河地方では現在も揚げ花火や手筒花火を製造している。お盆のころ先祖供養の意もこめて花火を揚げる。「涼み花火」という季語は現代では使わないが、涼みながら「花火」を見ることであろうか。「又揚がる」即ち少し間を置いて揚がり空に画かれた花火が、風が出てきて一瞬のうちにくずれたのである。下五の表現がリアルな花火の様を描いている。

拵へてくれし布団に甘え寝る

昭和二年
四月号

「賓水居に病後を静養す」と前書きがある。三河碧南の地にて当時俳人として活躍して句誌「アヲミ」を出していた永井賓水は「ホトトギス」会員として三河をまとめていた。三河出身の鈴木花蓑を師とも仰ぎ深い交流をもっていた。賓水の家族は学校の教師をしており、その家族の力を結集して毎月「アヲミ」を発行していたのである。私は『写生の鬼俳人鈴木花蓑』を出版した時、数回賓水居を訪ねていろいろ取材させてもらった。

　人情の厚い素朴な人たちの温情に甘えている花蓑像がよく見えてくる一句である。

闇ながらさだかに見えて今年竹

昭和二年
八月号

73

今年竹の得も云われぬ美しい緑色を、花蓑も幼い日からよく見て知っていたのであろう。落日ののちの闇が支配する竹林の中で幾多の竹幹にまじっていても、さだかに判別できるというのである。暗闇のなかに浮かび上がる青々とした今年竹、昼間見る色とは別の趣を醸し出している。

捨団扇ありて遊船雨ざらし

昭和二年
九月号

74

遊船で一夜を過ごした享楽の果ての光景。雨ざらしになっている遊船に取り残された捨団扇。それを眺めていると、昨夜の華やかな喧噪が蘇る。そして、いま、いくばくかの虚無感をともなってしらじらしい思いで雨に濡れた捨団扇を見つめている。人間の有りようへの哀しみのようなものが花蓑の心に去来しているのかもしれない。

150 — 151

海の上に月よもすがら盆踊

昭和二年
十月号

郷里へ赴き、三河の俳人たち（永井賓水、古久根蔦堂など）と船に乗って納涼の一夜を楽しんだのであろう。

古久根蔦堂は船も持ち、碧南で料亭も持ち多くの粋な女たちを雇って華やぎをとりなす。その上で俳句も志し、女たちにも俳句を作らせていた。

海の上の月は一晩中皓皓と海を照らしている。海もまた静かに凪いでいる。そんな浜辺ちかくでは、盆踊りがたけなわである。月の明るさに導かれて、盆踊りもまた明け方までつづいていくだろう。海の上の静かさと、陸の上の賑やかさの対比が見えてくる一句である。どちらも明るく月が照らしている。

稲妻のはら〳〵かゝる翠微かな

昭和二年
十月号

76

稲妻の文字は最近ではあまり見ないような気がしている。稲光、雷光のことである。「稲夫(つま)」の意で、稲の結実の時期に多いところからこの字が使われ、転じて「稲妻」。「翠微」は山頂に近いところ、あるいは山の中腹のこと。山の中腹に稲妻が走る、しかし、それは鋭い雷光ではなく、「はら〳〵かゝる」というのだ。稲妻の黄と翠微の青を呼び起こす美しい一句である。

暁のはや雲路ゆく蜻蛉かな

昭和二年
十二月号

77

動物たちの朝は早い。天地の運行に順じて生きているから。明るくなればすぐ活動をはじめる。自分より朝の早い蜻蛉に出会って花蓑はびっくりした。まだ明け方なのに自身の前方を飛んでいるではないか。朝の蜻蛉は力強い。「雲路」とは雲の通う路、月、星、鳥などが通る路のこと、「雲路」という措辞をおいたことによって天空が広がり蜻蛉は大きくたくましい。

落葉籠うもれんばかり降る落葉

昭和三年
二月号

78

虚子の写生理論を実作の上で具現することに徹して一生を俳句に打ち込んだ花蓑は、とにかく対象をじっくりと見て、過不足なく十七音に表現した。

落葉の季節、落葉樹は一挙に葉を落してしまうので樹木の下はうずたかく落葉が積る。その落葉を始末するべく落葉籠に落葉を入れて運ぶのだが、その落葉籠もまたたく間に埋れてしまいそうだ。簡潔にして直截な写生句である。

猫の子のみな這ひ出でゝ眠りけり

昭和三年
五月号

一月から三月ごろは猫の繁殖期である。子を孕んだものうげな親猫を見たようだと思っていると子猫の泣き声におどろく。数匹は生まれるので離乳して遊びはじめるころまでかたまって育つ。母猫の腹のあたりにかたまっていたかと思うと、乳を吸い疲れて親猫から離れて這い出して眠る。思い思いの恰好をして眠っている。そんな状態を実にうまく文字化した一句である。可愛らしい子猫たちと親猫の満足げな状態さえも見えてくるようだ。

一筋や走り咲きたる小米花

昭和三年
六月号

小米花は雪柳ともいう。枝は柳のように細くてたわやかである。米粒の大きさの白い花弁が五枚小枝の節ごとにつき、かたまって咲くので雪が積っているように見える。早春の美しい花で私は床の間にも活けて、春の気配を呼ぶことにしている。「一筋や」と上五におき、一筋にすっと延びた状態を「走り咲き」と表現したことによって、雪柳の咲く様子を十全に描ききった。

源平桃地にも紅白散りみだれ

昭和三年
六月号

桃の花は「万葉集」の頃からその美しさが愛でられてきた。古くから邪気を祓う霊力があると珍重されてきた。源平桃は、源氏平家の謂による名の桃で紅白に色を頒ち咲く。花が散ると紅白散り乱れるわけである。私はこの源平桃を東京駒場、近代文学館前の植物園で見た記憶がある。一本の樹でありながら紅も白も入り交って咲く。散っても紅い花弁、白い花弁と乱れている。過不足なく状況が見えてくる。

同舟の人の見付けし蜃気楼

昭和三年
十月号

82

「北陸にて」と前書がある。富山湾に舟を浮かべて立山連峰を見た時、蜃気楼を見た。天気も良く、風も弱い日、空気の温度差による光の異常屈折により、海上の船や背景の町の風景などが見える現象で、蜃気楼の名は昔中国で蛤が気を吐く現象と考えられてこの名が付いたという。「同舟の人の見付けし」という上十二音に同舟の人への親しみが表現された。三河湾でよく船に乗った花蓑であったが、蜃気楼は初体験であったことであろう。

166 ― 167

持船の大額かゝる暖炉かな

昭和四年
二月号

安房岬か、北陸行で日本海に面した敦賀あたりか。裕福な家に立ち寄ったときの句であるか。暖炉がありその上の壁にその家の持船の大額が掛けられている。その時の驚きを一句にしたものであろう。

雪折の竹もうもれし深雪かな

昭和四年
四月号

84

平成三十年の二月、福井地方の大豪雪の日、私は琵琶湖の北辺木之本を訪れた。国道八号線で二メートルの積雪に、トラック二百台が動けなくなってしまったその日、余呉の湖は三メートルの積雪に見舞われていた。その見事な深雪の景の中、湖の周囲を車で一周してもらった。深雪の凄さを体験した一日となった。この句「雪折の竹」とあることにより、雪の重みで竹も折れ、その上に更に雪が降り積っているという景を描出した。

茸狩や木の間伝ひに次の山

昭和四年
八月号

茸狩は、山林に自生する食用の茸を採ることで秋の行楽の一つである。今日では極めて限定された山林でなければ実現し得ない。昭和初期の頃、三河の低山でも茸狩は可能であった。木の間木の間を次から次へと伝っていくと赤松の木の根元に、走り根のあたりに、ひっそりと茸は顔を出し、ほのかな香りを醸し出している。この一句においては、「次の山」という下五によって、山から山へとすすむ茸狩の楽しさと空の広さが見えてくる。

涼み人飛び〱渓の石の上

昭和四年
十二月号

「伊勢菰野山温泉にて」と前書きがある。三重県菰野には温泉が発見されてより旅館が建ち並ぶ。御在所岳へとケーブルカーも布設されて、今日では大いに賑わう有数の行楽地の一つになった。花蓑がここを訪れたのは昭和初期のことであったから、温泉の設備もようやく整えられた頃であろう。麓の渓川には大きな石がころがっている。避暑客で賑わっている真夏の午後、納涼客は渓川の石の上を飛びまわって遊んでいる景。解放感にあふれた一句である。

古池の燈心草も枯れにけり

昭和五年
三月号

燈心草は「藺」の別名。六月頃、すっきりとして真直な緑色の茎の上部に淡褐色の細かい花が固まって咲く。地味な花であるが、俳人は好んで詠む花である。この藺草を刈り取って干して畳表にするのである。しかし燈心草という名の何と風雅なことか。この句においてはその燈心草が枯れてしまった様を詠んでいる。「古池の」の上五がなんとも蕭条たる景を呼び起こす。

うす〳〵と霞の中の妙義かな

昭和五年四月号

88

ここで詠まれている「妙義」即ち妙義山は「赤城山」「榛名山」とともに群馬県を代表する山である。奇壁や奇岩が多く三大奇勝の一つであるという。そんな荒々しい岩肌が立ち並ぶ山を花蓑はある驚きをもって眺めたことであろう。「うす〳〵と霞の中」にみえる妙義山は、さらにその奇怪さをまして花蓑に迫ってきたかもしれない。妙義山への挨拶句である。

178 — 179

風車まはり消えたる五色かな

昭和五年
四月号

「風車」は春の季語。セルロイドにいろんな色をほどこして、かつては街角で売られていた。その一角が明るく華やいで、通りすがりの人の心を誘ったものである。いまは地方の祭りなどでその風景がみられるようだが。この句、「五色」に塗られた色鮮やかな風車が風に回り出すとその色が消えた、ということを詠んだもの。その様を「まはり消えたる五色」と端的に詠み下した。

大和路や遥かの塔も花の上

昭和五年
六月号

「ホトトギス」において、秋桜子、誓子、素十たちの活躍とともに花蓑最盛期の頃の句である。秋桜子などに刺激を受けて、奈良の大和路へと俳句をつくりに旅立つこともあったであろう。この一句、桜の季節の大和路である。ひときわ高くそびえた塔は、うすもいろの花の上に見える。ゆったりと大和路を旅する花蓑の気息が伝わってくるような一句である。

昼顔や浅間の煙とこしなへ

昭和五年
八月号

目前に昼顔の花が咲いている。軽井沢の北、鬼押し出しのあたりに立ったのであろうか。雄大な姿の浅間山を真近に見ている。うすうすと煙も出ている。浅間山は活火山である。足元に咲く小さな昼顔の花、前へ目をやれば煙を吹き出している浅間山の雄壮な姿がある。その対比が鮮やかである。「とこしなへ」と浅間山への心からの挨拶をしている花蓑である。堂々たる一句である。

雲の峰ぬつと東京駅の上

昭和五年
十月号

92

昭和五年の夏、花蓑は俳句選者などのいくつかの仕事をしていた。そんな用事で地方へ出かけて行って東京駅へ下り立つ。駅を出てふと振り返れば東京駅の上に、幾重にも重なって勇壮な雲の峰が聳っている。八月、さすがに暑さを感じた。「ぬつと」の表現はやや異様で、動物が貌を覗かせたように東京駅の上にある雲の峰であった。

昭和五年に作られた作品であるが、今日でもこのような景を見ることがある。

消えぎはの線香花火の柳かな

昭和五年
十月号

客観写生の手法で、即物具象を貫いた花蓑であったが、句会の後など遊びごころから会員と線香花火を楽しんだ折の作品であろう。

　私もかつて線香花火を楽しんだことがあるが、点火してすぐ爆ぜる花火である。ぱちぱちときれいにまっすぐな火花を飛ばすが、最後になると威勢がおとろえて火花はやわらかな弧を描くようになり火玉が落ちて終わる。その終わり頃の曲線がちょうど柳の枝振りのように見える、それを「柳かな」と言い留めたのである。

一むらの木賊の水も澄みにけり

昭和五年
十二月号

青々と棒状に直立する木賊（とくさ）は、は日本庭園などに好んで植えられている。「木賊刈る」の季語は、木賊の茎を茹でて乾燥させ、研磨材とするために刈り取ることによる。この句においては「水澄む」が季語である。庭に植えられた一群の木賊が水に映っている。

緑の色も際やかに、秋気があたりを支配している。

海棠や陪審廷の廊の庭

昭和六年
六月号

95

海棠はバラ科の落葉低木の花で、庭木として盆栽などに用いられる。四、五月頃、薄紅色の花をつけ花柄が長くうつむきかげんに咲く。この海棠が陪審廷の庭に咲いているというのである。「陪審廷」とはあまりにも唐突なと一瞬思うが、裁判所勤務の花嚢であったことを思えばうなずけるのである。仕事の合間にこの海棠の花に心が留まったのであった。

白魚の漁火となん雪の中

昭和七年
四月号

花蓑はその生涯において、愛知県碧南市の俳人たちには生まれ故郷でもある故に何かと世話になった。地元の俳人たちは、花蓑を敬愛していたことであろう。碧南は棚尾の妙福寺境内に、根府川石の花蓑の句碑は昭和三十年に建てられ、そのまま五十年以上を経て現在もある。

花蓑が碧南を訪れた日、一月も末であろうか三河湾で白魚漁が行われていた。早朝四時か五時のことである。漁火が見える。何を獲っているか、と問うと、白魚であるという。名残りの雪が降りつづくなかの作業である。

流し雛堰落つるとき立ちにけり

昭和十二年
八月号

「ホトトギス」昭和八年八月号の雑詠句評会で、「男の雛の仰向きたまひ波の間に　誓子」の評に先だって花蓑は、「流し雛と云ふ行事はそれだけでも大変興味が持てる。（略）雛を流すといふ事は必ずしも紀州地方許りではなく、武蔵野探勝会の際にも道端の流れや、松の木の下や、そんな所に納めてあるのが見受けられる。」と述べていることから、この花蓑の句は、あるいは武蔵野の道端での写生句であるかもしれない。

古雛は、仰向けにあるいは俯せなって流されて行く。途中に堰があって雛は一瞬立った、その瞬時を花蓑の目は逃さなかった。一瞬の把握によって雛は生命を獲得した。「流し雛」と上五に置き、下十二音で一挙に読み下す。躍動感が見事である。

翅立てゝ鷗ののりし春の浪

昭和十三年
五月号

98

『写生の鬼俳人鈴木花蓑』の評論集を伊藤敬子の著作としてこの世に問うことになった昭和五十四年秋、水原秋桜子先生よりいろいろと資料をいただき、御指導いただいた。お宅へ御礼に伺った時、秋桜子先生は、「花蓑から貰っていた短冊です。記念にあなたにさしあげます」といって花蓑筆の短冊を下さった。そこに書かれていたのが、この一句である。そしてこの短冊をもとに半田市によって市立博物館裏庭に句碑が建立されたのだった。句碑によって句は永遠のものになった。句碑建立に際し私は二時間にわたる記念講演をさせてもらった。

顧みて心恥なし菊の花

昭和十七年
三月号

99

花蓑が己の生涯を顧みてしみじみとした感懐のうちにおのずから生まれた一句であろう。季語には「菊の花」の高貴と生命力を置いた。十五歳の時から裁判所に拘り法務省の仕事をして、片や虚子の膝下の「ホトトギス」で俳句を作り続けて来た花蓑である。心恥しいことは何一つない。心は菊の花のように清らかであるの意。

悲しくも美し松の秋時雨

昭和十八年
一月号

辞世の一句。

秋風や我世古りにし軒の松　昭和十八年一月号

百合の香に一とまどろみの淡き夢　昭和十七年十月号

昭和十七年十一月六日は花蓑の忌日である。最後に住んでいた家の風景がこれらの作品に詠まれている。軒の松もそのままあった。百合の句は臨終の床へのお見舞の百合か。安らかに死を迎えようとしている花蓑の様子が伝わってくる。

掲句の「悲しくも美し」は、自己の生涯を庭の「松」にたくした表現であろう。人間が生きていくことの「悲しみ」を肯うような気持ちがこめられているか。しみじみとした思いにさせられる一句である。享年六十歳であった。

鈴木花蓑の生涯と虚子の認めた作品世界

鈴木花蓑（一八八一～一九四二）の名と作品について私の認識の中へ確と入ってきたのは昭和二十八年、山本健吉著『現代俳句』を開いたときのこと、まだ十代のころだ。そこには、明治十四年尾張知多半島の産で、三河の裁判所に奉職していたと花蓑の紹介が簡潔に記されているがそれ以外のことはわからない。他の資料などを調べてみると、「鈴木花蓑、東京下町生れ」などと書かれたり、生年月日もまちまちであった。彼の没後三十四年の昭和五十一年、私は再び大学を受験し、大学生活をはじめた。すでに私は聴講生の頃より鈴木花蓑の研究に取りかかっていた。花蓑の出生地の三河地方の半田を訪ねたいと思ったが、碧南といっても行ったこともない遠隔の地である。私は困りはて、半田市民病院名誉院長を勤めていた叔父山川幸男（愛知一中卒　名古屋大学医学部卒）に話したところ、花蓑の戸籍等出生に関して知っている人、あるいは大正時代の半田での俳句の事情に明るい人など数名の人たちから貴重な情報を次々と集めてくれた。そうして私は一研究者として、次々と人脈をたよっていきさまざまな資料を集めることができたのであった。当時、朝早く名古屋から名鉄電車に乗って現地に到着すると正午となる。こうして週一回、二年間かけて情報を収集したのである。大学の授業にも出席しなければならず、体力的にも精一杯の努力を重ねて資料を集め「写生の鬼俳人鈴木花蓑」として五百枚を書きあげたのだった。彼は「ホトトギス」で活躍したので「ホトトギス」第一巻から昭和二十二年までの全巻に目を通して花蓑関連資料を収集した。次々とメモに取り写真に撮ったりして、それをまとめるのに多くの時間を要したのだった。

結果『写生の鬼俳人鈴木花蓑』は中日新聞社にて評価され、中日新聞社出版局より出版してもらうはこびとなった。愛知一中先輩の竹田八郎氏のお力によるところも大きかった。この著書は「第十三回新美南吉文学賞」を受賞し、二版になったがまたたく間に売り切れてしまい、残本は手元の二冊のみとなった。

鈴木花蓑は明治十四年十二月一日父彦重、母かねの長男として愛知県知多郡半田町前明山十四番地に出生。本名　鈴木喜一郎。明治三十年十五歳の時から半田裁判所に勤務。

明治三十年一月、柳原極堂の手によって松山から正岡子規の名に因んだ俳誌「ほととぎす」が創刊。花蓑の心も把えた。

明治三十一年「ほととぎす」は高浜虚子によって東京へ移され東京から出版され現在に至っている（その後、明治三十四年に虚子によって「ホトトギス」と改名された）。

明治三十二年十二月十日「ほととぎす地方俳句会」（姫路市山伏）へ花蓑出席の記載がある。

明治三十年代に二十歳前後にして俳句を知って以来、俳句は花蓑の魂の渇きを癒す手段となっていった。

明治四十二年六月、花蓑は半田から名古屋へ出てきて、徳川家の菩提寺である相応寺の一室を借りた。現在も東区にある徳川家の菩提寺建中寺の兄弟寺である。当時花蓑は名古屋裁判所へ勤務していた。

名古屋に転居するまで花蓑の住んでいた半田の生家は三河木綿を織る機屋をしていて近所では「織彦さん」と呼ばれていたという。私が取材した昭和四十年頃、彼の家はそのまま残されていた。

花蓑の生家は、あれこれと尋ねたところによれば家内工業といっても近隣の人もはたらきに来ていて当時としてはゆとりのある家であったようだ。半田というところは知多半島の根本にあたり、知多郡半田・亀崎、成岩の三町が合併して生まれた市である。

半田港に注ぐ堀川の西河岸と本町通り周辺は、酢蔵、酒蔵、醤油蔵などが現在でも建ち並び、醸造業が盛んな土地柄で、明治時代から江戸の食品業を支えていたようだ。今日でも酢のミツカンは世界的に展開している。黒塀が堀川の川面に映っている景は吟行にも適し、一見に値する。

近くに薬局「美濃半」があり、ここは明治大正時代の作家小栗風葉の生家である。風葉は尾崎紅葉門に入った。紅葉門の硯友社の四天王は泉鏡花、徳田秋声、柳川春葉、小栗風葉。花蓑は少年の日、同郷の出世文士として意識し、鼓舞されたにちがいない。二〇一九年に逝去した哲学者梅原猛の住まいもその先に現存している。

話は前後するが、花蓑が俳句をはじめた頃の半田で俳句に開眼して俳句会を催していたのは誰か。調べてみると、文政八年十二月代々の医家に生まれた荒川寄陽は、天保十三年京都に出て医学を学ぶかたわら桜井梅室に俳諧を学んでいた。五年後帰郷して病院熙春堂を継ぐかたわら俳諧、書、茶の湯を楽しんだ。明治三十九年八十一歳没。そのあと荒川寄陽の弟荒川杏造の長男荒川同楽がこれを引き継いだ。文久三年（一八六三）七月二十日生れ。

明治二十六年、正岡子規は俳句革新に着手。卓抜な俳論を新聞「日本」に発表していた。同楽は子規に手紙を書き子規門へ。子規の日記に「三河の同楽より松茸、小松の森田某より柿を送り来る」とある。同楽は昭和三十二年十一月九十四歳にて豊橋にて没。この俳句の灯は浅井意外が受け継ぎ、若き花蓑が俳句をはじめたのは明治三十七年二十三歳のころで万朝報に投句した〈雁啼くや機屋の夜なべ仕舞ふ頃〉。

半田における句会で花蓑が初めて参加したのは「芋会」（虚子命名）で、「芋会」はホトトギス地方集団に数えられていた。「芋会の印」なる印鑑が残されており、それは榊原市兵衛のところから受け継いだ廣瀬須磨のところにあって、私が取材した折実物を見せてもらった。その会の参加者の一人小澤五雲の実娘廣瀬珠磨（金城学院女専卒）に会い、いろいろと参考になる資料を頂いた。昭和五十四年春のことであった。

明治三十八年、二十四歳の花蓑は「ホトトギス」（八月十日発行第八巻十二号）に、夏野の席題にて一句入選〈松明振て夏野越え行く夜半哉〉。鳴雪選で、花蓑、初期の作品である。

明治四十二年、二十八歳。半田にて花蓑転任の送別会。名古屋へ転居、名古屋裁判所勤務。

明治四十五年、三十一歳。「ホトトギス」（七月一日発行第十五巻第十号）より虚子選始まる。花蓑は熱心に投句を続けるようになる。

　大正三年、三十三歳。「ホトトギス」（第十巻第二号雑詠虚子選）に〈明かに露の野を行く人馬哉〉が入る。十二月虚子選〈人泊めてもてなしの爐を開きけり〉〈秋晴れの野を行けど用ある身哉〉。

　大正四年、三十四歳。地方俳句会刀豆会報花蓑報〈冬川や鳥下り居る橋長し〉。このころ名古屋市東区山口町相応寺に寄宿。「ホトトギス」三月号、虚子選にて初めて四句掲載。八月一日病気帰省〈俥下りて行水の母を驚かす〉。十二月号、雑詠虚子選七句掲載。初めて「ホトトギス発行所例会」に加わる。その時句会の世話役は長谷川零余子。花蓑は名古屋裁判所勤務から東京の大審院書記となってこの年の春、転勤した。東京都下豊多摩に居住した。

　大正五年、三十五歳。「ホトトギス」一月号から翌年の二月号まで掲載なし。

　大正六年、花蓑の年令は既に三十六歳、男盛りであった。十二月号の三句に「豊多摩　花蓑」の文字が見える。そのうちの二句〈藺を刈るや空籠映る水田べり〉〈藺洗ふや一筋抜けて水迅し〉。長男怪我をして芝の鉄道病院に入院〈秋日込合ふ電車を降りて病院へ〉。

大正七年、三十七歳。一月号三句入選。二月号一句、三月号一句、四月号は二句入選。このころから吟行の実践句がふえていく。野方百観音、西新井などへ。五月号二句、八月号一句、十一月号一句入選。十二月号から翌年十一月号まで雑詠に花蓑の句見えず。

大正十年、四十歳。「ホトトギス」三月号で九句入選、西山泊雲、浜田濱人につぎ巻頭三席となる。七月には碧南の俳句雑誌「アヲミ」の責任者永井賓水の依頼により花蓑は「アヲミ」の雑詠選者となる。「ホトトギス」七月号二句、八月号二句、九月号三句、十月号四句、十一月号三句入選、十二月号四句で初めて巻頭となる。この頃から花蓑は新境地を見せ、即ち俳壇史上花蓑時代到来といわれるようになる。

大正十一年、四十一歳。「ホトトギス」一月号四句入選、野風呂、草城、泊雲につぎ四席。二月号八句花蓑第二回巻頭、以下泊雲、宵曲。「ホトトギス」三月号五句、花蓑第三回巻頭。以下せん女、みさ子、泊雲。五月号四句入選。六月号八句で次席。鬼城、花蓑、行果、泊雲の順。七月号八句、次席。八月号三句入選、九月号四句入選、十月号四句入選、十一月号六句入選。泊雲、泊月、緑童、花蓑の順。「ホトトギス」に「アヲミ」の広告。「愛知県碧海郡棚尾村『碧海吟社』一冊三十銭」と記されている。

大正十二年、四十二歳。一月号八句入選第三位。二月号六句、三月号二句、四月号六句、五月号七句、六月号七句、七月号六句、八月号五句、九月号六句入選。九月「破魔弓句会」出席。「風生外遊送別句会」出席、〈金屏や蚊遣り線香の煙り影〉。十月号六句、十一月号六句入選、十月、第一回「東海連合俳句大会」へ出席、「ホトトギス臨時句会」へ出席。

大正十二年十月十四日、大震災後初めての俳句会を麹町能楽会にて催す。花蓑出席〈秋晴や海に見出でし昼の月〉。十二月号六句入選、利根川吟行。この時の句〈秋川やあちこちに立つさゞら波〉〈秋風や草にとりつく草虱〉。

大正十三年、四十三歳。花蓑の実力虚子に認められる。句誌「破魔弓」にて俳句添削を行う。「東京四谷区南寺廿七番地、破魔弓同人」とある。この「破魔弓」

で花蓑は、富安風生、水原秋桜子らと選を行う。「ホトトギス」一月号誌上にて虚子は花蓑に課題句の選者を嘱託。一月号八句、巻頭を飾る。虚子はそれらの掲載句を三月号で丁寧に解説した「客観写生の面白味」を発表。四月号に花蓑選「鴛鴦」がのり「ホトトギス」誌上にて初めて選者となる。五月号八句で巻頭、以下、鬼城、泊月。六月号巻頭九句入選。花蓑の句〈花堤日晴れわたり末遥か〉が初めて批評会の俎上にあがる。俳句入門欄の選をする。七月号六句、八月号八句、九月号七句入選。この頃毎月「ホトトギス発行所例会」に出席する。十月号六句、十一月号六句、十二月号五句入選。

　大正十四年、四十四歳。一月号五句、二月号五句入選。三月号八句入選巻頭。中田みづほ送別句会に出席。四月号五句入選そのうちの一句〈芦枯れて広き眺めや矢作橋〉。五月号六句入選、「写生の一考察」を執筆。六月号六句入選、七月号六句入選、「写生雑録」（一九二五、五、八）を執筆。「ホトトギス」に掲載された「アヲミ」六月号の広告に「ホトトギス俳壇の猛者、花蓑氏の雑詠選は天下唯本誌に於て之を見るのみ」という言葉がある。八月号四句、九月号六句、十月号六句、十一月号四句入選。花蓑曰く「自然には深い心がある。それは真心を以てしなければ窺ひ知ることの出来ない自然の深い心である。つまり真心を以て自然の真を摑まへることだ。真は永劫の今日に生きてゐるばかりでなく、いつも明日の新鮮さを持つてゐる」。十二月号四句入選。

大正十五年、一月号五句、二月号三句入選。「東大俳句会新年句会」に出席。三月号四句、四月号三句、五月号二句入選。虚子選の「（山口）誓子君送別東大俳句会」出席。この時の句に〈荒磯や海苔舟一つ岩蔭に〉。六月「東大俳句会」出席、以後毎月「東大俳句会」へ出席。六月号四句入選。七月号三句、八月号三句、九月号二句入選。十月号二句入選。

昭和二年、四十六歳。七月、国分寺後楽園吟行。十月「蒲郡俳句大会」。俳誌「天の川」の選。「東大俳句会忘年会」出席。

昭和三年、四十七歳。六月「ホトトギス」にて、秋桜子、風生、池内たけし、田中王城とともに「写生の三傾向」と題して講演。八月「何を写生すべきか」を執筆。九月、「関西俳句大会」へ西下の途中、三河棚尾へ。虚子、たけし、藤井達吉と衣ヶ浦で十六夜の月を見、矢作川で遊ぶ。虚子、秋桜子、山口青邨、風生と北陸路へ。「アヲミ」十二月号にて選者辞任。

昭和四年、四十八歳。改造社刊『現代日本文学全集』第三十八篇に三十句掲載される。消息欄に「花蓑君市外豊多摩郡野方町下沼袋一五七五へ転居」。八月号「写生は先づ手近のものより」執筆。八月十二日棚尾へ。十二月号（「ホトトギス四百号」）にてホトトギス同人に推挙される。晴れて「ホトトギス」同人となる。花蓑の一番弟子である永井賓水句集より〈花蓑来訪　一すじの藻のたゞよへり秋の潮〉、伊勢菰野山温泉に遊ぶ。

昭和五年、四十九歳。「ホトトギス」同人となり、活気倍増。毎月「東大俳句会」へ出席。五月、再び「アヲミ」選者となる。

昭和五年八月から昭和十四年一月まで高浜虚子の発案によって武蔵野探勝会が催された。花蓑も百回のうち七十八回参加して、熱心に対象に向い、いくつかの佳吟を残した。〈秋風の吹いて柳の葉をふるふ（昭5・8・27）〉〈稲筵分倍河原の跡もなし（昭5・9・30）〉〈踏切に茶摘女の堰かれ居り（昭6・5・30）〉〈根芹摘む一々水にすゝぎては（昭7・3・6）〉〈笊の上にのせわたしある長き獨活（昭7・5・1）〉〈風花や木蔭伝ひに初詣（昭14・1・1）〉

昭和六年、五十歳。八月岐阜鵜飼見物のあと棚尾へ、「蔦堂庵別館句会」。虚子、たけしとともに棚尾へ来て、ともに十六夜の月を見る。九月「武蔵野探勝会」について星野立子の「玉藻」（二巻五号十月号）に執筆。「武蔵野探勝会」出席。

昭和十一年、五十五歳。十月名古屋公会堂に於ける「名古屋牡丹大会」にて講演「俳句は誰にでも出来る」。

昭和十二年五十六歳。「『牡丹』発刊記念大会」を含笑寺（現在東区東桜）にて行う。短冊頒布会（碧南光輪寺本堂）。

昭和十五年、五十九歳。十一月十日、「紀元二千六百年奉祝式典」両陛下行幸。花蓑式典参加。

昭和十七年、六十一歳。一月、日本俳句作家協会常任理事。九月十一日、東京を離れ愛知県碧海郡棚尾へ移住。藤井達吉の生家へ落ち着く。十月号「ホトトギス俳句の根源」を執筆。十月二十三日病状悪化。十一月一日松本たかし花蓑を見舞う。十一月六日死去。〈枕頭の菊は萎えずにあるものを　賓水〉。十一月八日葬儀〈俳鈴院釋法蓑（真宗）〉。十二月号で虚子は「鈴木花蓑君を深悼す」と追悼文を寄せている。「天地の間にほろと時雨かな」は虚子の追悼句である。

昭和十八年、「ホトトギス」二月号の「雑詠句評会」で、虚子は花蓑の辞世句「悲しくも美し松の秋時雨」を取り上げ以下のように記している。「花蓑君は俳句に生きて俳句に死んだ人である。嘗ては酒を嗜んで酔うと狂態に近いと思はれるまで大きな声を出したり呵々大笑したりする陽気な半面もあった。殊に一時雑詠欄に於て花蓑時代ともいふべき華やかな時代もあったのであったが、其後は自分の病気のためや、一人息子であったひなを君の病歿のため等で意気の銷沈した時代もあった。が其間に在っても俳句に対する執著（ママ）はかなり強いものがあった。晩年は酒をやめて賑やかであった方面は全く消え去ってしまひ、俳句に縋る心持は愈々一筋になって来たやうに思はれる。この句の如きは、静かに物寂しく其境に安心してゐる心もちがよく出てゐる。辞世の句としても立派なものである」

「西の泊雲」「東の花蓑」と「ホトトギス」の代表作家と称せられた鈴木花蓑で

あった。大正十年四十歳から大正十三年の四年間巻頭を争い目ざましい活躍をし、「東大俳句会」の客員として毎月参加、講演や執筆も多かった。

花蓑の俳人としての活躍については年月を追ってつまびらかにしたが、大正末期から昭和五年ごろ迄、虚子も大いに認めた活躍ぶりであった。即ち「東大俳句会」ができて秋桜子、誓子、素十、風生、たけし、泊月、青邨らと競い、引けをとることはなかった。かつて私が水原秋桜子にお目にかかったとき、〈花蓑に指導してもらいました〉〈写生の鬼でしたね〉とおっしゃっていた。経時的に考えてみると花蓑は四S（水原秋桜子、高野素十、山口誓子、阿波野青畝）出現の為に母胎の役割りをした。花蓑の活躍が終るといよいよ俳壇のクライマックス四Sの出現となり、俳壇史に残る名句が次々と発表されていった。昭和六年、水原秋桜子は「自然の真と文芸上の真」を発表して「ホトトギス」を離脱した。即ち四Sの終焉であった。

俳壇において花蓑が居なかったならば、「ホトトギス」の純粋なる詩的遺産は、日本の文学史上に残し得なかったのではないか。

私の花蓑研究に大いなる励ましとなったのは次の一文に出会ったことである。

「地方の豪族を糾合したホトトギスは地方句会報が先行して、次第に雑詠中心になっていくのに併行して、俳人も地方よりも中央に輩出して、四S時代を現出するのである。しかも、地方の豪族から都会の知識層に移行し、山本健吉の言ふ『詩人(ディヒター)』から『芸術(クンストラー)』へ変貌する間で、花蓑ほか三人の代表作家は最後の地方人であった」。（古舘曹人「大正秀句鑑賞」「俳句」昭和五十三年五月号）

この一文は、時代の特色を指摘し、花蓑という作家を大きく意味づけるものである。

花蓑の対象に迫る凝視の目、かたくななまでに写生に徹するその表現方法は、いまなお決して古くなっていない。花蓑の客観写生句は、虚子の理論と実作をあくまでも具現化したものであったことを忘れてはならないと私自身強く思いながら『鈴木花蓑の百句』の筆を擱きたいと思う。

平成三十一年四月三十日　平成の終焉を告げる日に

初句索引

あ　行

か　行

さ　行

著者略歴

伊藤敬子（いとう・けいこ）

1935年愛知県生まれ。俳人、文学博士。日本文藝家協会会員。公益社団法人俳人協会評議員。俳人協会愛知県支部長。愛知県立旭丘高等学校在学中より山口誓子、加藤かけいに師事。「笹」主宰。評論『写生の鬼鈴木花蓑』で新美南吉文学賞。句集『百景』で山本健吉文学賞。愛知県芸術文化選奨文化賞など受賞。句集『光の束』『初富士』『年魚市潟』連句集『続　冬の日』『杉田久女の百句』など著書多数。中日文化センター、NHK文化センター講師。

発　行　二〇二〇年二月一〇日　初版発行
著　者　伊藤敬子　
発行人　山岡喜美子
発行所　ふらんす堂
〒182-0002　東京都調布市仙川町一―一五―三八―2F
TEL（〇三）三三二六―九〇六一　FAX（〇三）三三二六―六九一九
URL http://furansudo.com/　E-mail info@furansudo.com
振　替　〇〇一七〇―一―一八四一七三

鈴木花蓑の百句

装　丁　和　兎
印刷所　日本ハイコム㈱
製本所　三修紙工㈱
定　価＝本体一五〇〇円＋税
ISBN978-4-7814-1257-3 C0095 ¥1500E